Pietro Metastasio

Ipermestra

Texte et illustration de couverture : © domaine public
Edition : Culturea (Hérault, 34)
Contact : infos@culturea.fr
Retrouvez notre catalogue sur http://culturea.fr
Imprimé en Allemagne par Books on Demand
Design typographique : Derek Murphy
Layout : Reedsy (https://reedsy.com/)

Dépôt légal : janvier 2023
Tous droits réservés pour tous pays

ISBN : 9791041844920

IPERMESTRA

*Dramma scritto in gran fretta dall'autore in Vienna, d'ordine sovrano, per essere eseguito nell'interno della corte, con musica dell'*HASSE, *da grandi e distinti personaggi a loro privatissimo trattenimento: ma pubblicamente poi rappresentato la prima volta da musici e cantatrici nel gran teatro di corte, alla presenza de' regnanti, in occasione delle nozze delle altezze reali di Marianna, arciduchessa d'Austria, e del principe Carlo di Lorena, l'anno 1744.*

ARGOMENTO

DANAO, re d'Argo, spaventato da un oracolo che gli minacciava la perdita del trono e della vita per mano d'un figlio d'Egitto, impose segretamente alla propria figliuola di uccidere lo sposo Linceo nella notte istessa delle sue nozze. Tutta l'autorità paterna non persuase alla magnanima principessa un atto così inumano; ma neppure tutta la tenerezza di amante poté trasportarla giammai a palesare a Linceo l'orrido ricevuto comando, per non esporre il padre alle vendette d'un principe valoroso, intollerante, caro al popolo ed alle squadre. Come, in angustia sì grande, osservasse la generosa Ipermestra tutti gli opposti doveri e di sposa e di figlia, e con quali ammirabili prove di virtù rendesse finalmente felici il padre, lo sposo e se stessa, si vedrà dal corso del dramma. (APOLLODORO, IGINO ed altri.

INTERLOCUTORI

DANAO *re d'Argo.*

IPERMESTRA *figliuola di Danao, amante di Linceo.*

LINCEO *figliuolo d'Egitto, amante d'Ipermestra.*

ELPINICE *nipote di Danao, amante di Plistene.*

PLISTENE *principe di Tessaglia, amante d'Elpinice ed amico di Linceo.*

ADRASTO *confidente di Danao.*

La Scena si finge nel palazzo dei re d'Argo.

ATTO PRIMO

SCENA PRIMA

Fuga di camere testivamente ornate per le reali nozze d'Ipermestra

IPERMESTRA, ELPINICE *e cavalieri.*

ELP.   I teneri tuoi voti al fin seconda

Propizio il padre, o principessa; al fine

All'amato Linceo

Un illustre imeneo

Oggi ti stringerà. Vedi il contento

Che imprime in ogni fronte

La tua felicità. Quanti da questa

Eccelsa coppia eletta,

Quanti dì fortunati il mondo aspetta!

IPER.   No, mia cara Elpinice,

Al par di me felice

Oggi non v'è chi possa dirsi. Ottengo

Quanto seppi bramar. Linceo fu sempre

La soave mia cura. Il suo valore,

La sua virtù, tanti suoi pregi e tanti

Meriti suoi mi favellar di lui,

Che a vincere il mio core

Dell'armi di ragion si valse Amore

ELP.   Ah, così potess'io

Al principe Plistene in questo giorno

Unir la sorte mia! Tu sai...

IPER.   Ne lascia

La cura a me. Dal real padre io spero

Ottenerne l'assenso: in dì sì grande

Nulla mi negherà.

ELP.   Qual mai poss'io,

Generosa Ipermestra...

IPER.   Ah! tu non sai

Che gran felicità per l'alma mia

È il fare altri felici.

ELP.   I fausti numi

Chi tanto a lor somiglia

Custodiscan gelosi.

IPER.   Ancor Linceo

Non veggo comparir. Che fa? Dovrebbe

Già dal campo esser giunto. Ah! fa, se m'ami,

Che alcun l'affretti. Alla letizia nostra

La sua congiunga. Ormai

Tempo sarebbe: abbiam penato assai.

ELP.   Abbiam penato, è ver;

Ma in sì felice dì

Oggetto di piacer

Sono i martìri.

Se premia ognor così

Quei che tormenta Amor,

Oh amabile dolor!

Dolci sospiri! *(parte)*

SCENA SECONDA

IPERMESTRA, *poi* DANAO *con séguito.*

IPER.   Vadasi al genitor: dal labbro mio

5

Sappia quanto io son grata, e sappia... Ei viene

Appunto a questa volta. Ah! padre amato,

Il don, ch'oggi mi fai, molto maggiore

Rende quel della vita. Oggi conosco

Tutto il prezzo di questa: oggi...

DAN.   Da noi

S'allontani ciascun. *(al séguito, che si ritira)*

IPER.   Perché? M'ascolti

Tutto il mondo, signor. Non arrossisco

Di que' dolci trasporti,

Che il padre approva; e a così pure faci...

DAN.   Voglio teco esser solo. Odimi e taci.

IPER.   M'è legge il cenno.

DAN.   Assicurar tu déi

Il trono, i giorni miei,

La mia tranquillità. Posso di tanto

Fidarmi a te?

IPER.   M'offende il dubbio.

DAN.   Avrai

Costanza e fedeltà?

IPER.   Quanta ne deve

Ad un padre una figlia.

DAN.   *(le dà un pugnale)*   Or questo acciaro

Prendi; cauta il nascondi; e, quando oppresso

Già fra 'l notturno orrore

Fia dal sonno Linceo, passagli il core.

IPER.   Santi numi! e perché?

DAN.   Minaccia il fato

Il mio scettro, i miei dì per man d'un figlio

Dell'empio Egitto. Ancor mi suona in mente

L'oracolo funesto,

Che poc'anzi ascoltai: né v'è chi possa,

Più di Linceo, farmi temer.

IPER.   Ma pensa...

DAN.   Molto, tutto pensai. Qualunque via
Men facile è di questa,
Ed ha rischio maggior. L'aman le squadre,
Argo l'adora.

IPER.   (Io non ho fibra in seno
Che tremar non mi senta).

DAN.   Il gran segreto
Guarda di non tradir. Componi il volto,
Misura i detti, e, nel bisogno, all'ire
Poi sciogli il freno. Osa, ubbidisci, e pensa
Che un tuo dubbio pietoso
Te perde e me, senza salvar lo sposo.

    Pensa che figlia sei;
Pensa che padre io sono;
Che i giorni miei, che il trono,
Che tutto io fido a te.
    Della funesta impresa
L'idea non ti spaventi;
E, se pietà risenti,
Sai che la devi a me. *(parte)*

SCENA TERZA

IPERMESTRA *sola, indi* LINCEO

IPER.   Misera, che ascoltai! Son io? son desta?
Sogno forse o vaneggio? Io nelle vene
Del mio sposo innocente... *(getta il pugnale)* Ah! pria m'uccida

Con un fulmine il ciel; pria sotto il piede

Mi s'apra il suol... Ma... Che farò? Se parlo,

Di Linceo la vendetta esser funesta

Potrebbe al genitor: Linceo, se taccio,

Lascio esposto del padre all'odio ascoso.

Oh comando! oh vendetta! oh padre! oh sposo!

E, quando giunga il prence,

Come l'accoglierò? Con qual sembiante,

Con quai voci potrei... Numi! in pensarlo

Mi sento inorridir. Fuggasi altrove:

In solitaria parte

Si nasconda il dolor che mi trasporta. *(vuol partire)*

LIN.   Principessa, mio nume!

IPER.   (Aimè! son morta).

LIN.   Giunse pur quel momento

Che tanto sospirai! Chiamarti mia

Posso pure una volta! Or sì che l'ire

Tutte io sfido degli astri, o mio bel sole.

IPER.   (Oh Dio! non so partire,

Non so restar, non so formar parole).

LIN.   Ma perché, principessa, in te non trovo

Quel contento ch'io provo? Altrove i lumi

Tu rivolgi inquieta e sfuggi i miei?

Che avvenne? Non tacer.

IPER.   (Consiglio, o dèi!)

LIN.   Questa felice aurora

Bramasti tanto, e tanti voti a tanti

Numi per lei facesti: or spunta al fine,

E sì mesta ne sei? Cangiasti affetto?

Dell'amor di Linceo stanco è il tuo core?

IPER.   Ah, non parlar d'amore!

Sappi... (Che fo?) Dovrei...

Fuggi dagli occhi miei:

Ah! tu mi fai tremar.

   Fuggi, ché s'io t'ascolto,

Ché s'io ti miro in volto,

Mi sento in ogni vena

Il sangue, oh Dio! gelar. *(parte)*

SCENA QUARTA

LINCEO *solo, poi* ELPINICE *e* PLISTENE, *l'un dopo l'altro.*

LIN.	Questi son gl'imenei! son d'una sposa
	Questi i dolci trasporti! in questa guisa
	Ipermestra m'accoglie! Onde quel pianto?
	Quell'affanno perché? di qualche fallo
	Mi crede reo? qualche rival nascosto
	Di maligno velen sparse a mio danno
	Forse quel cor? Ma chi ardirebbe... Ah! questo
	Vindice acciar nell'empie vene... Oh vano,
	Oh inutile furore! Il colpo io sento,
	Che l'alma mi divide;
	Ma non so chi m'insidia o chi m'uccide.
ELP.	Fortunato Linceo, contenta a segno
	Son io de' tuoi contenti...
LIN.	Ah! principessa,
	L'anima mi trafiggi. Io de' mortali,
	Io sono il più infelice.
ELP.	Tu! come?
PLIST.	In questo amplesso
	Un testimon ricevi

Del giubilo sincero,

Onde esulto per te. Tu godi, e parmi...

LIN.   Amico, ah! per pietà, non tormentarmi.

PLIST.   Perché?

LIN.   Son disperato.

ELP.   Or che alla bella

Ipermestra t'accoppia un caro laccio,

Disperato tu sei?

LIN.   Mi scaccia, oh Dio!

Ipermestra da sé; vieta Ipermestra

Ch'io le parli d'amor; non più suo bene

Ipermestra m'appella:

Ipermestra cangiò, non è più quella.

PLIST.   Che dici?

LIN.   Ah! se v'è noto

Chi quel cor m'ha sedotto,

Non mel tacete, amici. Io vuo'...

ELP.   T'inganni:

Ipermestra non ama

Che il suo Linceo; lui solo attende...

LIN.   E dunque

Perché da sé mi scaccia?

Perché fugge da me? così turbata

Perché m'accoglie?

PLIST.   E la vedesti?

LIN.   Or parte

Da questo loco.

ELP.   Ed Ipermestra istessa

Sì turbata ti parla?

LIN.   Così morto foss'io pria d'ascoltarla!

Di pena sì forte

M'opprime l'eccesso:

Le smanie di morte

Mi sento nel sen.

    Non spero più pace,

La vita mi spiace:

Ho in odio me stesso,

Se m'odia il mio ben. *(parte)*

SCENA QUINTA

ELPINICE *e* PLISTENE

ELP.   Plistene, ah! che sarà? Come in un punto

Ipermestra cangiossi?

PLIST.   Io nulla intendo:

Non so che immaginar.

ELP.   Questo mancava

Novello inciampo al nostro amor. Turbati

Gl'imenei d'Ipermestra, ancor le nostre

Speranze ecco deluse. Ah! questa è troppo

Crudel fatalità. Sotto qual mai

Astro nemico io nacqui? Anche nel porto

Per me vi son tempeste.

PLIST.   In queste care

Intolleranze tue, bella Elpinice,

Perdona, io mi consolo: esse una prova

Son del vero amor tuo. Questa sventura

Mi priva della man qualche momento;

Ma del cor m'assicura, e son contento.

ELP.   Sì dolorose prove

Dar non vorrei dell'amor mio. Di queste

Tu ancor ti stancherai.

PLIST.   No, non si trova

Pena che all'alma mia

Per sì degna cagion dolce non sia.

ELP.   So che fido sei tu, ma so che troppo

Sventurata son io.

PLIST.   Deh! non conviene

Disperar così presto. Esser potrebbe

Questo, che ci minaccia,

Un nembo passeggier. Chi sa? Talora

Un male inteso accento

Stravaganze produce. Almen si sappia

La cagion che ci affligge, ed avrem poi

Assai tempo a dolerci.

ELP.   È ver. L'amico

A raggiunger tu corri: io d'Ipermestra

Volo i sensi a spiar. Secondi Amore

Le cure nostre. Il tuo parlar m'inspira

E fermezza e coraggio. Io non so quale

Arbitrio hai tu sopra gli affetti. Oppressa

Ero già dal timor; funesto e nero

Pareami il ciel: tu vuoi che speri, e spero.

     Solo effetto era d'amore

Quel timor che avea nel petto;

E d'amore è solo effetto

Or la speme del mio cor.

     Han tal forza i detti tuoi,

Che, se vuoi, prende sembianza

Di timor la mia speranza,

Di speranza il mio timor. *(parte)*

SCENA SESTA

Plistene *solo.*

PLIST.
    Se di toglier procuro all'idol mio
    La pena di temer, quante ragioni
    Onde sperar mi suggerisce Amore!
    Se il timido mio core
    D'assicurar procuro,
    Quanti allor, quanti rischi io mi figuro!

    Ma rendi pur contento
    Della mia bella il core,
    E ti perdono, Amore,
    Se lieto il mio non è.
    Gli affanni suoi pavento
    Più che gli affanni miei,
    Perché più vivo in lei
    Di quel ch'io viva in me. *(parte)*

SCENA SETTIMA

Logge interne nella reggia D'Argo. Veduta da un lato di vastissima campagna, irrigata dal fiume Inaco; e dall'altro di maestose ruine d'antiche fabbriche.

Danao *e* Adrasto *da diverse parti.*

ADR.
    Ah! signor, siam perduti. Il tuo segreto
    Forse è noto a Linceo.

DAN.
                Stelle! Ipermestra
    M'avrebbe mai tradito! Onde in te nasce
    Questo timor? Vedesti il prence?

ADR.   Il vidi.

DAN.   Ti parlò?

ADR.   Lo volea: molto propose,

Più volte incominciò; ma un senso intero

Mai compir non poté. Torbido, acceso,

Inquieto, confuso,

Sospirava e fremea. Vidi che a forza

Su gli occhi trattenea lagrime incerte

Fra l'ira e fra l'amor. Senza spiegarsi

Lasciommi al fine; e mi rìempie ancora,

L'idea di quell'aspetto,

Di pietà, di spavento e di sospetto.

DAN.   Ah! non tel dissi, Adrasto? Era Elpinice

Migliore esecutrice

De' cenni miei.

ADR.   Di fedeltà mi parve

Che assai ceder dovesse

La nipote alla figlia.

DAN.   A figlia amante

Troppo fidai. Ma, se tradì l'ingrata

L'arcano mio, mi pagherà...

ADR.   Per ora

L'ire sospendi, e pensa

Alla tua sicurezza. È delle squadre

Linceo l'amor: tutto ei potrebbe.

DAN.   Ah! corri,

Va; di lui t'assicura, e fa... Ma temo

Che a suo favor... Meglio sarà... No; troppo

Il colpo ha di periglio. Io mi confondo.

Deh! consigliami, Adrasto.

ADR.   Or nella reggia

Farò che de' custodi

Il numero s'accresca. Al prence intorno

Disporrò cautamente

Chi ne osservi ogni moto, e i suoi pensieri

Chi scopra e i detti suoi. Da quel ch'ei tenta

Prendiam consiglio, e ad un rimedio estremo

Senza ragion non ricorriam; ché spesso

L'immaturo riparo

Sollecita un periglio.

DAN. *(l'abbraccia)* Oh saggio, oh vero

Sostegno del mio trono!

Va: tutto alla tua fede io m'abbandono.

ADR.   Più temer non posso ormai

Quel destin che ci minaccia:

Il coraggio io ritrovai

Fra le braccia del mio re.

 Già ripieno è il mio pensiero

Di valore e di consiglio:

Par leggiero ogni periglio

All'ardor della mia fé. *(parte)*

SCENA OTTAVA

Danao, *poi* Ipermestra

DAN. Giunse Linceo dal campo e a me fin ora

Non comparisce innanzi! Ah! troppo è chiaro

Che la figlia parlò. Ma vien la figlia.

Placido mi ritrovi; e lo spavento

Non le insegni a tacer.

IPER.   Posso, o signore,

Sperar che i prieghi miei

M'ottengano da te che pochi istanti

Senza sdegno m'ascolti?

DAN.   E quando mai

D'ascoltarti negai? Teco io non uso

Sì rigidi costumi:

Parla a tua voglia.

IPER.   (Or m'assistete, o numi).

DAN.   (Mi scoprì: vuol perdono).

IPER.   Ebbi la vita in dono,

Padre, da te: me ne rammento. E questo

È degli obblighi miei forse il minore:

Tu mi donasti un core,

Che, per non farsi reo,

È capace...

DAN.   T'accheta: ecco Linceo.

IPER.   Deh! permetti ch'io fugga

L'incontro suo.

DAN.   No; già ti vide, e troppo

Il fuggirlo è sospetto: il passo arresta,

Seconda i detti miei.

IPER.   (Che angustia è questa!)

SCENA NONA

LINCEO *e detti.*

DAN.   Ad un sì dolce invito *(a Linceo)*

Vien sì pigro Linceo? Tanto s'affretta

A meritar mercede,

Sì poco a conseguirla?

LIN.   I miei sudori,

Le cure mie, la servitù costante,

Tutto il sangue ch'io sparsi

Sotto i vessilli tuoi, della mercede,

Signor, ch'oggi mi dài, degni non sono:

Sol corrisponde al donatore il dono.

DAN.   (Doppio parlar!)

LIN.   (Par che mirarmi, oh Dio!

Sdegni Ipermestra).

IPER.   (Ah, che tormento è il mio!)

DAN.   Io sperai di vederti

Oggi più lieto, o prence.

LIN.   Anch'io sperai...

Ma... poi...

DAN.   Perché sospiri?

Qual disastro t'affligge?

LIN.   Nol so.

DAN.   Come! nol sai?

LIN.   Signor...

DAN.   Palesa

L'affanno tuo: voglio saper qual sia.

LIN.   Ipermestra può dirlo in vece mia.

IPER.   Ma concedi ch'io parta. *(a Danao)*

DAN.   No, tempo è di parlar. Dirmi tu déi

Quel che tace Linceo.

IPER.   *(impaziente)*   Ma... padre...

DAN.   Ah! veggo

Quanto poco degg'io

Da una figlia sperar. Conosco, ingrata...

LIN.   Ah! non sdegnarti seco,

Signor, per me: non merita Linceo

D'Ipermestra il dolor. Da sé mi scacci,

Sdegni gli affetti miei, m'odii, mi fugga,

Mi riduca a morir; tutto per lei,

Tutto voglio soffrir; ma non mi sento

Per vederla oltraggiar forze bastanti.

IPER. (Che fido amor! che sfortunati amanti!)

DAN. Il dubitar che possa

Ipermestra sdegnar gli affetti tuoi,

Prence, è folle pensiero:

Non crederlo.

LIN.   Ah, mio re, pur troppo è vero!

DAN. Non so veder per qual ragion dovrebbe

Cangiar così.

LIN.   Pur si cangiò.

DAN.   Ne sai

Tu la cagion?

LIN.   Volesse il Ciel! Mi scaccia

Senza dirmi perché: questo è l'affanno

Ond'io gemo, ond'io smanio, ond'io deliro.

IPER. (Mi fa pietà).

DAN.   (Nulla ei scoprì: respiro).

LIN. Deh! principessa amata,

Se veder non mi vuoi

Disperato morir, dimmi qual sia

Almen la colpa mia.

IPER.   (Potessi in parte

Consolar l'infelice!)

DAN.   (In lei pavento

Il troppo amor).

LIN.   Bella mia fiamma, ascolta.

Giuro a tutti gli dèi,

Lo giuro a te, che sei

Il mio nume maggior, nulla io commisi,

Colpa io non ho. Se volontario errai,

Voglio su gli occhi tuoi

Con questo istesso acciar, con questa destra

Voglio passarmi il cor.

IPER.   *(a Linceo)*   Prence...

DAN.   *(temendo che parli)*   Ipermestra!

IPER.   Oh Dio!

LIN.   Parla.

DAN.   Rammenta

Il tuo dover.

IPER.   (Che crudeltà! Non posso

Né parlar né tacer).

LIN.   Né m'è concesso

Di saper, mia speranza...

IPER.   Ma qual è la costanza,

Che durar possa a questi assalti? Al fine

Non ho di sasso il petto; e, s'io l'avessi,

Al dolor che m'accora,

Già sarebbe spezzato un sasso ancora.

E che vi feci, o dèi? perché a mio danno

Insolite inventate

Sorti di pene? Ha il suo confin prescritto

La virtù de' mortali. Astri tiranni,

O datemi più forza, o meno affanni!

DAN.   Che smania intempestiva!

LIN.   Qual ignoto dolor, bella mia face?...

IPER.   Ah! lasciatemi in pace;

Ah! da me che volete?

Io mi sento morir: voi m'uccidete.

Se pietà da voi non trovo

Al tiranno affianno mio,

Dove mai cercar poss'io,

Da chi mai sperar pietà?

   Ah! per me, dell'empie sfere

Al tenor barbaro e nuovo,

Ogni tenero dovere

Si converte in crudeltà. *(parte)*

SCENA DECIMA

LINCEO *e* DANAO

LIN.   Io mi perdo, o mio re. Quei detti oscuri,

Quel pianto, quel dolor...

DAN.   Non ti sgomenti

D'una donzella il pianto. Esse son meste

Spesso senza cagion; ma tornan spesso

Senza cagione a serenarsi.

LIN.   Ah! parmi

Ch'abbia salde radici

D'Ipermestra il dolor; né facilmente

Si sana il duol d'una ferita ascosa.

DAN.   Io ne prendo la cura: in me riposa. *(parte)*

LIN.   No, che torni sì presto

A serenarsi il ciel l'alma non spera:

La nube che l'ingombra è troppo nera.

   Io non pretendo, o stelle,

Il solito splendor:

Mi basta in tanto orror

Qualche baleno,

   Che, se le mie procelle

Non giunge a tranquillar,

Quai scogli ha questo mar

Mi mostri almeno.

ATTO SECONDO

SCENA PRIMA

Galleria di statue e di pitture.

DANAO *e* ADRASTO

DAN.   Come! di me già cominciò Linceo

A sospettar?

ADR.   Qual maraviglia? È forza

Ch'ei cerchi la cagione onde Ipermestra

Tanto cangiò. Mille ei ne pensa; in tutti

Teme il nemico; e da' sospetti suoi

Danao esente non è.

DAN.   Mi gela, Adrasto,

Quel dubbio, ancorché lieve e passeggiero.

Mal si nasconde il vero: al fin traspira

Per qualche via non preveduta. Un moto,

Un accento, uno sguardo... Ah! s'ei giungesse

Una volta a scoprir...

ADR.   Questo periglio

Vidi, prevenni, e de' sospetti suoi

Determinai già l'incertezza. Ei teme,

Per opra mia, nel suo più caro amico

Il rival corrisposto.

DAN.   In Plistene?

ADR.   In Plistene. Un de' miei fidi

Cominciò l'opra; io la compii. Dubbioso

Della fé d'Ipermestra,

A me corse Linceo, me ne richiese:

Io finsi pria d'esser confuso, e poi

Debolmente m'opposi, e con le accorte

Mendicate difese

I sospetti irritai.

DAN.   Ma qual profitto

Speri da ciò?

ADR.   Mille, signor. Disvio

Ogni indizio da te; scemo la fede

Ai detti d'Ipermestra,

Se mai parlasse; e l'union disciolgo

Di due potenti amici.

DAN.   È d'Ipermestra

Linceo troppo sicuro.

ADR.   Io l'ho veduto

Già impallidir. La gelosia non trova

Mai chiuso il varco ad un amante. È tale

Questa pianta funesta,

Che per tutto germoglia ove s'innesta.

DAN.   È vero. E, se la figlia

Ricusa d'ubbidir, possono appunto

Questi sospetti agevolar la strada

Al primo mio pensiero; ed Elpinice

Il colpo eseguirà.

ADR.   Senza bisogno

Non s'accrescano i rischi. Il buon si perde

Talor, cercando il meglio.

DAN.   Io non pretendo

Far noto ad Elpinice il mio segreto

Pria del bisogno. Avrem ricorso a lei,

Se ci manca Ipermestra. Intanto è d'uopo

Disporla al caso; e tocca a te. Va; dille

Che, irato con la figlia, or sol per lei

Di padre ho il cor; ch'ella aspirar potrebbe

Al retaggio real; che il grande acquisto

Da lei dipende. Invogliala del trono,

Rendila ambiziosa; e a me del resto

Lascia il pensiero.

ADR.   Ubbidirò. Ma...

DAN.   Veggo

Ipermestra da lungi. Ad Elpinice

T'affretta, Adrasto; usa destrezza; e, quando

Già di speranze accesa

Tu la vedrai, di' che a me venga allora.

ADR.   Signor, pria di parlar pensaci ancora.

Pria di lasciar la sponda,

Il buon nocchiero imìta:

Vedi se in calma è l'onda,

Guarda se chiaro è il dì.

Voce dal sen fuggita

Poi richiamar non vale:

Non si trattien lo strale,

Quando dall'arco uscì. *(parte)*

SCENA SECONDA

Danao, Ipermestra

IPER.   Potrò pure una volta

Al mio padre, al mio re...

DAN.   Vieni: io mi deggio

Molto applaudir di tua costanza. In vero

Ne dimostrasti assai

Nell'accoglier Linceo.

IPER.   Signor, se giova

Che tutto il sangue mio per te si versi;

Se i popoli soggetti,

Se la patria è in periglio, e può salvarla

Il mio morir, vadasi all'ara: io stessa

Il colpo affretterò; non mi vedrai

Impallidir sino al momento estremo.

Ma, se chiedi un delitto, è vero, io tremo.

DAN.   Eh! di' che più del padre

Linceo ti sta nel cor.

IPER.   Nol niego, io l'amo:

L'approvasti, lo sai. Ma il tuo comando

Se ricuso eseguir, credimi, ho cura

Più di te che di lui. Linceo, morendo,

Termina con la vita ogni dolore;

Ma tu, signor, come vivrai, s'ei muore?

Pieno del tuo delitto,

Lacerato, trafitto

Da' seguaci rimorsi, ove salvarti

Da lor non troverai. Gli uomini, i numi

Crederai tuoi nemici. Un nudo acciaro

Se balenar vedrai, già nelle vene

Ti parrà di sentirlo. In ogni nembo

Temerai che s'accenda

Il fulmine per te. Notti funeste

Succederanno sempre

Ai torbidi tuoi giorni. In odio a tutti,

Tutti odierai, sino all'estremo eccesso

D'odiar la luce e d'aborrir te stesso.

Ah! non sia vero. Ah! non stancarti, o padre,

D'esser l'amor de' tuoi, l'onor del trono,

L'asilo degli oppressi,

Lo spavento de' rei. Cangia, per queste

Lagrime che a tuo pro verso dal ciglio,

Amato genitor, cangia consiglio.

DAN. (Qual contrasto a quei detti

Sento nel cor! Temo Linceo: vorrei

Conservarmi innocente).

IPER.   (Ei pensa: ah! forse

La sua virtù destai. Numi clementi,

Secondate quei moti).

DAN.   (È tardi: io sono

Già reo nel mio pensiero). Odi, Ipermestra:

Dicesti assai; ma il mio timor presente

Vince ogni tua ragion. Veggo in Linceo

Il carnefice mio. S'egli non muore,

Pace io non ho.

IPER.   Vano timor.

DAN.   Da questo

Vano timor tu liberar mi déi.

IPER. Né rifletti...

DAN.   Io rifletto

Che ormai troppo resisti e ch'io son stanco

Di sì lungo garrir. Compisci l'opra:

Io lo chiedo, io lo voglio.

IPER.   Ed io non posso

Volerlo, o genitor.

DAN.   Nol puoi? D'un padre

Così rispetti il cenno?

IPER.   Io ne rispetto

La gloria, la virtù.

DAN.   Temi sì poco

Lo sdegno del tuo re?

IPER.   Più del suo sdegno

Un fallo suo mi fa tremar.

DAN.   Tue cure

Esser queste non denno.

Ubbidisci.

IPER.   Perdona: io sentirei

Nell'impiego inumano

Mancarmi il core, irrigidir la mano.

DAN.   Dunque al maggior bisogno

M'abbandoni in tal guisa?

IPER.   Ogni altra prova...

DAN.   No, no, già n'ebbi assai. Veggo di quanto

Son posposto a Linceo. Chi m'ha potuto

Disubbidir per lui, per lui tradirmi

Ancor potrebbe.

IPER.   Io!

DAN.   Sì: perciò ti vieto

Di vederlo mai più. Pensaci. Ogni atto,

Ogni suo moto, ogni tuo passo, i vostri

Pensieri istessi a me saran palesi:

Ei morrà, se l'ascolti. Udisti?

IPER.   Intesi.

DAN.   Non hai cor per un'impresa

Che il mio bene a te consiglia:

Hai costanza, ingrata figlia,

Per vedermi palpitar.

Proverai da un padre amante

Se diverso è un re severo:

Già che amor da te non spero,

Voglio farti almen tremar. *(parte)*

IPERMESTRA, *poi* PLISTENE

IPER.   Nuova angustia per me. Come poss'io

Evitar che lo sposo...

PLIST.   Ah! principessa,

Pietà del tuo Linceo. Confuso, oppresso,

Come or lo veggo, io non l'ho mai veduto.

Se tarda il tuo soccorso, egli è perduto.

IPER.   Ma che dice, o Plistene?

Che fa? che pensa? il mio ritegno accusa?

M'odia? m'ama? mi crede

Sventurata o infedel?

PLIST.   Tanto io non posso

Dirti, Ipermestra. Or più Linceo, qual era,

Meco non è. Par che diffidi, e pare

Che si turbi in vedermi: il suo dolore

Forse sol n'è cagion. Deh! lo consola

Or che a te vien.

IPER.   *(con timore)*   Dov'è?

PLIST.   Nelle tue stanze

Ti cerca in van; ma lo vedrai fra poco

Qui comparir.

IPER.   (Misera me!) Plistene,

Soccorrimi, ti prego; abbi pietade

Dell'amico e di me. Fa ch'ei non venga

Dove son io; mi fido a te.

PLIST.   Ma come

Posso impedir?...

IPER.   Di conservar si tratta

La vita sua. Più non cercar; né questo,

Ch'io fido a te, sappia Linceo.

| PLIST. | | Ma l'ami? |

IPER. Più di me stessa.

| PLIST. | | Io nulla intendo. E puoi |

Lasciarlo a tanti affanni in abbandono?

IPER. Ah, tu non sai quanto infelice io sono!

Se il mio duol, se i mali miei,

Se dicessi il mio periglio,

Ti farei cader dal ciglio

Qualche lagrima per me.

   È sì barbaro il mio fato,

Che beato io chiamo un core,

Se può dir del suo dolore

La cagione almen qual è. *(parte)*

SCENA QUARTA

PLISTENE, *poi* LINCEO

PLIST. Di qual nemico ignoto

Ha da temer Linceo? Perché non deggio

Del suo rischio avvertirlo? E con qual arte

Impedir potrò mai...

LIN. Ipermestra dov'è?

PLIST. *(confuso)* Nol so.

LIN. *(turbato)* Nol sai?

Era teco pur or.

PLIST. Sì... Ma... Non vidi

Dove rivolse i passi, e non osai

Spiarne l'orme.

LIN. *(con ironia)* Il tuo rispetto ammiro.

Rinvenirla io saprò. *(vuol partire)*

PLIST.   *(agitato)*   Senti.

LIN.   Che brami?

PLIST.   Molto ho da dirti.

LIN.   Or non è tempo. *(vuol partire)*

PLIST.   Amico,

Fermati; non partir.

LIN.   Tanto t'affanni

Perch'io non vada ad Ipermestra?

PLIST.   Andrai:

Per or lasciala in pace.

LIN.   In pace? Io turbo

Dunque la pace sua? Dunque tu sai

Che in odio le son io.

PLIST.   No.

LIN.   Che ad alcuno

Dispiaccia il nostro amor?

PLIST.   Nulla so dirti;

Tutto si può temer.

LIN.   Senti, Plistene:

Se temerario a segno

Si trova alcun che a defraudarmi aspiri

Un cor che mi costò tanti sospiri;

Se si trova un audace,

Che la bella mia face

Pensi solo a rapir, di' che paventi

Tutto il furor d'un disperato amante.

Digli che un solo istante

Ei non godrà del mio dolor; che andrei

A trafiggergli il petto,

Se non potessi altrove,

Sul tripode d'Apollo, in grembo a Giove.

PLIST.   (Son fuor di me).

SCENA QUINTA

ELPINICE *e detti*.

ELP.   Così turbato in volto

Perché trovo Linceo? Con chi ti sdegni?

LIN.   Dimandane a Plistene: ei potrà dirlo

Meglio di me. Seco ti lascio. *(in atto di partire)*

PLIST.   *(trattenendolo)*   Ascolta.

LIN.   Abbastanza ascoltai. *(in atto di partire)*

PLIST.   Linceo, perdona:

Trattenerti degg'io.

LIN.   Ma sai che troppo

Ormai, prence, m'insulti e mi deridi?

Sai che troppo ti fidi

Dell'antica amistà? Tutti i doveri

Io ne so, li rispetto, e tu ben vedi

Se gran prove io ne do. Ma... poi...

PLIST.   Se m'odi,

Un consiglio fedel...

LIN.   Miglior consiglio

Io ti darò. Le tue speranze audaci

Lusinga men; non irritarmi, e taci.

Gonfio tu vedi il fiume;

Non gli scherzar d'intorno:

Forse potrebbe un giorno

Fuor de' ripari uscir.

Tu, minaccioso, altiero

Mai nol vedesti, è vero;

Ma può cangiar costume

E farti impallidir. *(parte)*

SCENA SESTA

ELPINICE *e* PLISTENE

PLIST. Addio, cara Elpinice. *(partendo)*

ELP.   Ove t'affretti?

PLIST. Su l'orme di Linceo. *(come sopra)*

ELP.   Gran cose io vengo

A dirti...

PLIST.   Tornerò. Perdon ti chieggio:

Per or l'amico abbandonar non deggio. *(parte)*

SCENA SETTIMA

ELPINICE *sola.*

ELP. Confusa a questo segno

L'alma mia non fu mai. M'alletta Adrasto

All'acquisto d'un trono,

A novelli imenei; ch'io vada a lui

M'impone il re; col mio Plistene io voglio

Parlarne: ei fugge. In così dubbio stato,

Chi mi consiglierà? Ma di consiglio

Qual uopo ho mai? Forse non so che indegni

Sarebber d'Elpinice

Quei, che Adrasto propone, affetti avari?

Non vendon le mie pari

Per l'impero del mondo il proprio core;

Ed una volta sola ardon d'amore.

Mai l'amor mio verace,

Mai non vedrassi infido:

Dove formossi il nido,

Ivi la tomba avrà.

Alla mia prima face

Così fedel son io,

Che di morir desio,

Quando s'estinguerà. *(parte)*

SCENA OTTAVA

Innanzi, amenissimo sito ne' giardini reali, adombrato da ordinate altissime piante, che la circondano: indietro, lunghi e spaziosi viali, formati da spalliere di fiori e di verdure: de' quali altri son terminati dal prospetto di deliziosi edifizi, altri dalla vista di copiosissime acque in varie guise artificiosamente cadenti.

DANAO, ADRASTO *e guardie.*

DAN.   Tanto ardisce Linceo!

ADR.   Non v'è chi possa

Ormai più trattenerlo. Ei nulla ascolta,

Veder vuole Ipermestra; e, se la vede,

Tutto saprà.

DAN.   Vanne, ed un colpo al fine

Termini... Ah! no: troppo avventuro. Un'altra

Via mi parrebbe... ed è miglior. S'affretti

La figlia a me. *(alle guardie)* Tu corri, Adrasto, e cerca

Il prence trattener, fin che Ipermestra

Io possa prevenir: venga egli poi,

La vegga pur.

ADR.   Ma se la figlia amante...

DAN. Vanne: non parlerà. Compisci solo

Tu quanto imposi.

ADR.   Ad ubbidirti io volo. *(parte)*

SCENA NONA

D̲ANAO, I̲PERMESTRA *e custodi*.

IPER. Ecco al paterno impero...

DAN.   Olà! custodi,

Celatevi d'intorno, e a un cenno mio

Siate pronti a ferir. *(le guardie si nascondono)*

IPER.   (Che fia?)

DAN. *(ad Ipermestra)*   Linceo

Ora a te vien.

IPER.   L'eviterò.

DAN.   No: crede

Che tu per altri arda d'amor; mi giova

Molto il sospetto suo: se vivo il vuoi,

Disingannar nol déi.

IPER.   Ma tu vietasti...

DAN. Ed or che il vegga io ti comando. Ascoso

Qui resto ad osservar. Se con un cenno

L'avverti o ti difendi...

Già vedesti i custodi: il resto intendi.

  Or del tuo ben la sorte

  Da' labbri tuoi dipende:

Puoi dargli o vita o morte;

Parlane col tuo cor.

   Ogni ripiego è vano:

Sai che non è lontano

Chi la favella intende

Delle pupille ancor. *(si nasconde)*

SCENA DECIMA

IPERMESTRA, DANAO *celato, poi* LINCEO

IPER.   V'è qualche nume in cielo,

Che si muova a pietà? che da me lunge

Guidando il prence... Ah, son perduta! ei giunge.

LIN.   Al fin, lode agli dèi, tutto è palese

Il mistero, Ipermestra. Intendo al fine

Tutti gli enigni tuoi; de' nuovi amori

Tutta la storia io so. Sperasti in vano

Di celarti da me

IPER.   No: teco mai

Celarmi io non pensai. So che t'è noto

Troppo il mio cor, che mi conosci appieno,

Che ingannar non ti puoi. (Capisse almeno!)

LIN.   Pur troppo m'ingannai. Prima sconvolti

Gli ordini di natura avrei temuti,

Che Ipermestra infedel. Tante promesse,

Giuramenti, sospiri,

Pegni di fé, teneri voti... E come,

Crudel, come potesti,

Al tuo rossor pensando,

Pensando al mio martìre,

35

	Cangiarti, abbandonarmi e non morire?
IPER.	(Numi, assistenza! io non resisto).
LIN.	Ingrata!

Bel cambio in ver per tanto amor mi rendi,

Per tanta fé! Se fra' cimenti io sono,

Non penso a' rischi miei: penso che degno

Deggio farmi di te. Se qualche alloro

M'ottiene il mio sudor, non volgo in mente

Che il mio n'andrà co' nomi illustri al paro,

Ma che a te vincitor torno più caro.

Se a parte non ne sei,

Non v'è gioia per me; non chiamo affanno

Ciò che te non offende; ogni mia cura

Da te deriva e torna a te; non vivo,

Crudel! che per te sola; e tu frattanto

T'accendi a nuove faci!

Sai ch'io morrò di pena, e pure...

IPER.   *(si trasporta)*   Ah! taci,

Prence, non più. Se d'un pensiero infido

Son rea... *(s'arresta, vedendo il padre)*

LIN.   Perché t'arresti?

IPER.   (Oh Dio! l'uccido).

LIN.   Siegui, termina almen.

IPER.   *(si ricompone)*   Se rea son io

D'un infido pensier, da te non voglio

Tollerarne l'accusa. Assai dicesti:

Basta così; parti, Linceo.

LIN.   T'affanna

Tanto la mia presenza?

IPER.   Più di quel che non credi, e d'un affanno

Che spiegarti non posso.

LIN.   A questo segno

Dunque son io?... Che tirannia! Mi lasci,

Non hai rossor, non ti difendi, aborri

L'aspetto mio, non vuoi che a te m'appressi,

Giungi sino ad odiarmi, e mel confessi?

IPER. (Che morte!)

LIN.   Addio per sempre. Io non so come

Non mi tragga di senno il mio martìre.

Addio. *(partendo)*

IPER.   Dove, Linceo?

LIN.   Dove? A morire.

IPER. Ferma. (Aimè!)

LIN.   Che vuoi dirmi?

Che ho perduto il tuo cor? ch'io son l'oggetto

Dell'odio tuo? L'intesi già, lo vedo,

Lo conosco, lo so. Voglio appagarti:

Perciò parto da te. *(come sopra)*

IPER.   Senti, e poi parti.

LIN. E ben, che brami?

IPER.   Io non pretendo... (Oh Dio!

Mi mancano i respiri). Io la tua morte

Non pretendo, non chiedo: anzi t'impongo

Che tu viva, Linceo.

LIN.   Tu vuoi ch'io viva?

IPER. Sì.

LIN. Ma perché?

IPER.   Perché, se mori... Ah! parti,

Non tormentarmi più.

LIN.   Che vuol dir mai

Cotesta smania tua? Direbbe forse

Che il mio stato infelice...

IPER. Dice sol che tu viva; altro non dice.

LIN. Ma, giusti dèi! tu vuoi che viva, e vuoi

Dal cor, dagli occhi tuoi ch'io vada in bando?

E che deggio pensar?

IPER.   Ch'io tel comando.

LIN.   Ah! se di te mi privi,

Ah! per chi mai vivrò?

IPER.   Lasciami in pace, e vivi,

Altro da te non vuo'.

LIN.   Ma qual destin tiranno?...

IPER.   Parti: nol posso dir.

A DUE   Questo è morir d'affanno

Senza poter morir!

Deh! serenate al fine, *(ciascuno da sé)*

Barbare stelle, i rai:

Ho già sofferto ormai

Quanto si può soffrir. *(partono)*

ATTO TERZO

SCENA PRIMA

Gabinetti.

IPERMESTRA *ed* ELPINICE

ELP.   Pure è così: vuol che il mio braccio adempia

Ciò che il tuo ricusò.

IPER.   Ma come indurre

Te ad un atto sì reo? d'un'altra sposa

Rendere il prence amante,

Come Danao sperò?

ELP.   Ciò che si brama

Mai diffìcil non sembra. Egli ha creduto

Linceo sedur con un geloso sdegno,

Me con l'esca d'un trono.

IPER.   E che dicesti

A sì fiera proposta?

ELP.   Al primo istante

L'orror m'istupidì; poi mi conobbi

Perduta in ogni caso. Impunemente

Mai non si san simili arcani. Almeno

Io mi studiai d'acquistar tempo, e finsi

Di volerlo ubbidir. Di me sicuro,

Ei non procura intanto al reo disegno

Un altro esecutor. Fuggir poss'io;

Posso avvertir Linceo.

IPER.   *(con timore)*   Parlasti a lui?

ELP.   No; ma il dissi a Plistene: ei dell'amico

Corse subito in traccia.

IPER.   Ah, che facesti,

Sconsigliata Elpinice! a qual periglio

Esponi il padre mio! Tanti fin ora

Costò questo segreto

Sospiri a' labbri miei, pianti alle ciglia;

E tu...

ELP.   Ma, principessa, io non son figlia.

IPER.   Va, per pietà, trova Plistene... È meglio

Che al padre io corra e lo prevenga... Oh Dio!

Il colpo affretterò... Vedi a che stato

M'hai ridotta, Elpinice!

ELP.   E pur credei...

IPER.   Parlisi con Linceo. Corri, t'affretta;

Ch'ei venga a me.

ELP.   Volo a servirti. *(in atto di partire)*

IPER.   Aspetta.

Troppo arrischia, s'ei vien. De' sensi miei

L'informi un foglio. Attendimi: a momenti

Tornerò. *(come sopra)*

ELP.   Principessa,

Odi.

IPER.   Non m'arrestar. *(come sopra)*

ELP.   Linceo s'appressa.

IPER.   Aimè! se 'l vede alcun... Ma fra due rischi

Scelgo il minor. Corri a Plistene intanto;

Di' che l'arcan funesto

Taccia, se non parlò.

ELP.   Che giorno è questo! *(parte)*

SCENA SECONDA

IPERMESTRA *e* LINCEO

LIN. Non creder già ch'io torni a te...

IPER. *(con fretta e premura)* Vedesti

Plistene?

LIN.   Il vidi, e l'evitai.

IPER.   (Respiro).

LIN. E se qui ritrovarlo

Fra' labbri tuoi creduto avessi...

IPER.   Il tempo

Alle nostre querele

Or manca, o prence. Io di lagnarmi avrei

Ben più ragion di te. Fu menzognero

Il tuo sospetto, ed il mio torto è vero.

LIN. Che! potrei lusingarmi

Della fé d'Ipermestra?

IPER.   Il chiedi? Ingrato!

Sì poca intelligenza

Dunque ha il tuo col mio cor? Dunque non sanno

Già più gli sguardi tuoi

Il cammin di quest'alma? i miei pensieri

Più non mi leggi in volto? i merti tuoi,

La fede mia più non conosci?

LIN.   Ah! dunque,

Cara, tu m'ami ancor?

IPER.   S'io lo volessi,

Non potrei non amarti. Ad altra face

Non arsi mai, non arderò: tu sei

Il primo, il solo, il sospirato oggetto

Del puro ardor che nel mio sen s'annida:

Vorrei prima morir ch'esserti infida.

LIN.	Oh cari accenti! oh mio bel nume!

IPER.	 E pure

Solo un'ombra bastò...

LIN.	 Lo veggo, è vero:

Non merito perdon; ma...

IPER.	 Di scusarti

Lascia il peso al mio cor. Sarà sua cura

Di trovarti innocente. Or da te bramo

Una prova d'amor.

LIN.	 Tutto, mia speme,

Tutto farò.

IPER.	 Me lo prometti?

LIN.	 Il giuro

Ai numi, a te.

IPER.	 Senza frappor dimore,

Fuggi d'Argo, se m'ami.

LIN.	 E qual cagione...

IPER.	Questo cercar non déi. Questa è la prova

Ch'io domando a Linceo.

LIN.	 Che dura legge!

IPER.	Barbara, è ver, ma necessaria. Addio:

Va. *(vuol partire)*

LIN.	 Senti.

IPER.	 Ah! prence amato,

Troppo già mi sedusse

Il piacer d'esser teco. Io perdo il frutto

Del mio dolor, se più rimango.

LIN.	 E come?

IPER.	Non cercar come io sto. Se tu vedessi

In che misero stato ora è il cor mio;

Se tu sapessi... Amato prence, addio!

Va; più non dirmi infida;

Conservami quel core;

Resisti al tuo dolore;

Ricordati di me.

Che fede a te giurai,

Pensa dovunque vai;

Dovunque il Ciel ti guida,

Pensa ch'io son con te. *(parte)*

SCENA TERZA

Linceo, *poi* Plistene

LIN. Qual sarà, giusti numi,

Mai la cagion... Ma ciecamente io deggio

Il comando eseguir.

PLIST. *(affannato)* Pur ti ritrovo,

Principe, al fin: sieguimi, andiamo.

LIN. E dove?

PLIST. A punire un tiranno, a vendicarci

De' nostri torti. I tuoi seguaci, i miei

Corriamo a radunar.

LIN. Ma quale offesa...

PLIST. Danao ti vuole estinto: indur la figlia

A svenarti non seppe: ad Elpinice

Sperò di persuaderlo: essa la mano

Promise al colpo, e mi svelò l'arcano.

LIN. Barbaro! Intendo adesso

Le angustie d'Ipermestra. In questa guisa

Premia de' miei sudori...

PLIST. Or di vendette,

Non di querele, è tempo. Andiam.

LIN.   Non posso,

Caro Plistene. All'idol mio promisi

Quindi partir: voglio ubbidirlo.

SCENA QUARTA

ELPINICE *e detti.*

ELP.   Udite.

Io gelo di timor.

LIN.   Che fu?

ELP.   S'invia

Alle stanze del re, condotta a forza

Fra' custodi, Ipermestra. O seppe o vide

Danao che teco ella parlò; né mai

Sì terribile ei fu.

LIN.   Contro una figlia

Che potrebbe tentar?

ELP.   Tutto, o Linceo.

Ei si conosce reo;

La teme accusatrice; ed è sicuro

Che il timor de' tiranni

Coi deboli è furor.

LIN.   *(risoluto)*   Plistene, accetto

Le offerte tue: le mie promesse assolve

Il rischio d'Ipermestra.

PLIST.   Eccomi teco

A vincere o a morir. *(in atto di partire)*

ELP.   Dove correte

Così senza consiglio? Ah! pria pensate

Ciò che pensar conviensi.

LIN.   Ipermestra è in periglio, e vuoi ch'io pensi?

Tremo per l'idol mio,

Fremo con chi l'offende:

Non so se più m'accende

Lo sdegno o la pietà.

Salvar chi m'innamora

O vendicar vogl'io:

Altro pensar per ora

L'anima mia non sa. *(parte)*

SCENA QUINTA

Elpinice *e* Plistene

ELP.   Prence, e sai che avventuri

I miei ne' giorni tuoi?

Sai come io resto, e abbandonar mi puoi?

PLIST.   Vuoi ch'io lasci, o mio tesoro,

Un amico in tal cimento?

Ah! sarebbe un tradimento

Troppo indegno del mio cor.

Non bramarlo un solo istante;

Ché non è mai fido amante

Un amico traditor. *(parte)*

SCENA SESTA

ELPINICE *sola*.

ELP.   Numi, pietosi numi,

      Deh! proteggete il mio Plistene: è degno

      Della vostra assistenza; e, quando ancora

      D'una vittima i fati abbian desio,

      Risparmiate il suo petto: eccovi il mio.

       Perdono al crudo acciaro,

      Se per ferirlo almeno

      Lo cerca in questo seno,

      Dove l'impresse amor.

       No, non farei riparo

      Alla mortal ferita:

      Gran parte in lui di vita

      Mi resterebbe ancor. *(parte)*

SCENA SETTIMA

Luogo magnifico corrispondente a' portici ed appartamenti reali, tutto pomposamente adorno
ed illuminato in tempo di notte.

DANAO *ed* ADRASTO

ADR.   Dove corri, o mio re?

DAN.   Fuor della reggia

      Un asilo a cercar.

ADR.   Chi ti difende

      Fra 'l popolo commosso? Ogni momento

      A Plistene, a Linceo

S'aggiungono i seguaci. In campo aperto

Son pochi i tuoi custodi; e son bastanti

A sostener l'ingresso

De' reali soggiorni,

Fin ch'io gente raccolga e a te ritorni.

DAN.　　　Ma quindi uscir potrai?

Potrai tornar con la raccolta schiera?

Pensa...

ADR.　　　　　A tutto pensai: fidati e spera. *(parte)*

SCENA OTTAVA

DANAO *ed* IPERMESTRA *fra' custodi.*

DAN.　　　Sei contenta, Ipermestra? Al caro amante

Sagrificasti il genitor: trionfa

Dell'opera sublime. Il tuo Linceo

Ben grato esser ti dee d'una sì bella

Prova d'amor. Le sacre leggi, è vero,

Calpesti di natura; è ver, cagione

Sei dello scempio mio; ma il primo vanto

Al tuo nome assicuri

Fra le spose fedeli ai dì futuri.

IPER.　　　Padre, t'inganni: io non parlai.

DAN.　　　　　　　　Pretendi

Di deludermi ancor? Non vidi io stesso

Te con Linceo?

IPER.　　　　　Ma non perciò...

DAN.　　　　　　　　　T'accheta,

Figlia inumana, ingrata figlia!

IPER.　　　　　　　　E credi?...

DAN.   Credo ch'io son l'oggetto

Dell'odio tuo; che di veder sospiri

Fumar questo terreno

Del sangue mio; che tollerar non puoi

Ch'io goda i rai del dì...

IPER.   Ah! non mi dir così:

Risparmia, o genitor,

Al povero mio cor

Quest'altro affanno.

S'io non ti son fedel,

Un fulmine del Ciel...

POPOLO   *(di dentro)*   Mora il tiranno!

IPER.   Ah, qual tumulto!

DAN.   Ogni soccorso è lungi:

Cader degg'io. Le mie ruine almeno

Non siano invendicate. *(snuda la spada)*

SCENA NONA

Linceo, Plistene, *e seguaci, tutti con ispade nude alla mano, e detti.*

LIN. *e* PLIST.   Mora, mora il tiranno!

IPER.   *(opponendosi)*   Empi, fermate!

LIN.   Lascia che un colpo al fin...

IPER.   *(si pone innanzi a   Sì; ma comincia
Danao)*

Da questo sen: per altra strada un ferro

Al suo non passerà.

DAN.   (Che ascolto!)

PLIST.   È giusta

La pena d'un crudele.

IPER.   E voi chi fece

Giudici de' monarchi?

LIN.   Il tuo periglio...

IPER.   Questa è mia cura.

LIN.   È un barbaro.

IPER.   È mio padre.

PLIST.   È un tiranno.

IPER.   È il tuo re.

LIN.   T'odia, e il difendi?

IPER.   Il mio dover lo chiede.

PLIST.   Può toglierti la vita.

IPER.   Ei me la diede

DAN.   (Oh figlia!)

LIN.   E vuoi, ben mio...

IPER.   Taci: tuo bene,

Con quell'acciaro in pugno,

Non osar di chiamarmi.

LIN.   Amor...

IPER.   Se amore

Persuade i delitti,

Sento rossor della mia fiamma antica.

LIN.   Ma, sposa...

IPER.   Non è ver: son tua nemica.

DAN.   (Chi vide mai maggior virtù!)

PLIST.   Linceo,

Troppo tempo tu perdi. Ecco da lungi

Mille spade appressar.

LIN.   *(con fretta)*   Vieni, Ipermestra:

Seguimi almen.

IPER.   Non lo sperar: dal fianco

Del padre mio non partirò.

LIN.   T'esponi

	Al suo sdegno, se resti.
IPER.	E, se ti sieguo,
	M'espongo del tuo fallo
	Complice a comparir.
LIN.	Ma la tua vita...
IPER.	Ne disponga il destin. Meglio una figlia
	Spirar non può che al genitore accanto.
DAN.	(Un sasso io son, se non mi sciolgo in pianto).
PLIST.	Prence, ognun ci abbandona; Adrasto arriva.
	Fuggi, o perduto sei.
LIN.	Salvati, amico: io vuo' morir con lei. *(getta la spada)*

SCENA ULTIMA

ADRASTO *con numeroso séguito,* ELPINICE *e detti.*

ADR.	Occupate, o miei fidi, *(alle guardie)*
	Dell'albergo real tutte le parti.
PLIST.	Danao, non ingannarti
	Nell'inchiesta del reo: da me sedotto
	Fu il prence a prender l'armi; ei non volea.
ELP.	Io, che svelai l'arcano, io son la rea.
IPER.	Padre, udisti fin ora
	Una figlia pietosa:
	Or che, lode agli dèi,
	In sicuro già sei, senti una sposa.
	Sposa! ma non temer di questo nome,
	Signor, ch'io faccia abuso:
	Non difendo Linceo; me stessa accuso.
	Io seppi, e non mi pento,
	A te sagrificarlo: al sagrifizio

Sopravviver non so. Se i merti suoi,

Se l'antica sua fé, se un cieco amore,

Se la clemenza tua,

Se le lagrime mie da te non sanno

Ottenergli perdon, mora; ma seco

Mora Ipermestra ancor. Debole, io merto

Questo castigo; e, sventurata, io chiedo

Questa pietà. Troppo crudel tormento

La vita or mi saria; finisca ormai.

A salvarti bastò: fu lunga assai.

DAN.   Non più, figlia, non più: tu mi facesti

Abbastanza arrossir. Come potrei

Altrui punir, se non mi veggo intorno

Alcun più reo di me? Vivi felice,

Vivi col tuo Linceo. Ma, se la vita

Dar mi sapesti, or l'opra assolvi, e pensa

A rendermi l'onore. Il regio serto

Passi al tuo crine, e sul tuo crin racquisti

Quello splendor che gli scemò sul mio.

Ah! così potess'io

Ceder dell'universo a te l'impero:

Renderei fortunato il mondo intero.

TUTTI

    Alma eccelsa, ascendi in trono:

Della sorte ei non è dono;

È mercé di tua virtù.

    La virtù, che in trono ascende,

Fa soave, amabil rende

Fin l'istessa servitù.

LICENZA

Or, deposto il coturno, i vostri al fine

Fortunati imenei,

Eccelsi sposi, io celebrar dovrei:

Ma vanta il nodo augusto

Àuspici sì gran numi, unisce insieme

Virtù sì pellegrine, avviva in noi

Tante speranze e tanti voti appaga,

Che la voce sospesa

Gela sul labbro al cominciar l'impresa.

Ma nel silenzio ancora

V'è chi parla per me. Vedete intorno

Come su' volti in cento guise e cento

È atteggiato il contento,

Il rispetto, l'amor. Quei muti sguardi

Rivolti al ciel, quell'umide pupille

In cui ride il piacer, quelli d'affetto

Insoliti trasporti, onde a vicenda

Stringe l'un l'altro al sen, teneri eccessi

Son del giubilo altrui, son lieti augùri,

Son lodi vostre. A quel silenzio io cedo

L'onor dell'opra. Un tal silenzio esprime

Tutti i moti del cor limpidi e vivi;

E facondia non v'è che a tanto arrivi.

CORO

Per voi s'avvezzi Amore,

Eccelsa coppia altera,

Coi mirti di Citera

Gli allori ad intrecciar.

Ed il fecondo ardore

Di fiamme così belle

Faccia di nuove stelle

Quest'aria scintillar.